おならがプゥ

詩・画
日向瑞希
Hyuga Mizuki

風詠社

目次

会いたいね

君に会いたくて
今日もママと
そう話しながら
病院の未熟児ルームにやってきた

君は
ただガラスに囲まれた保育器の中で
ひたすら眠っているだけ

でも
何だか
とっても傍にいたくて

ずっと見ていたくて
不思議だな
離れていても命って温かい
いつも
そうやってパパとママは
元気になって家路につくんだ

肋骨《あばらぼね》からピローン

両脇から手を入れ
君を病院のお風呂に入れる

生まれたての君を抱っこすると
肋骨《あばらぼね》の下から
ちっちゃなお腹がピローン

プロポーションうんぬんなんて
どうでもいい
ましてやファッション誌の表紙みたいに
スタイリッシュかなんて
どうでもいい

あたかも重力に
真っ向逆らうが如く
ズシリと
両の腕に伝わってくる命の重さ
「責任重大だぞ」って
君のお腹が言っている

今夜もコバンザメ

夜中に目が覚めると
いつも君と背中合わせ

ちっちゃいから
潰《つぶ》さないように
なるべく離れて寝てるのに
気がつくと
いつも君はコバンザメになっている

そして僕は
いつしか思い浮かべている
いつかテレビで見た

生まれたての我が子を残し亡くなった
若いおかあさんの
最期のメッセージ映像を

「悲しい」なんてくらいの言葉じゃ
果てしもなく限りもなく
足りはしないことを
背中の小さな温もりは
今夜も教えてくれる

恐怖

いずれ死ぬのは
まあ仕方がないとしても
とりあえず
今は死にたくない

今死ぬと
君が夜中に
お腹がすいたと泣いても
哺乳ビンにミルクをつくってあげられない

今死ぬと
寝相の悪い君が

恐　怖

すぐ風邪をひいて鼻水が出る君が
お腹にかけたタオルケットを
何度蹴飛ばしても
掛け直してあげることさえできない

今のところ
この世の中で怖いことと言えば
それだけかなぁ

ママ　がんばる

自分が死んだ後も
毎晩水あめを買って
赤ちゃんを育てた幽霊ママのお話がある

天地の理法や宇宙の法則を
完全無視したって
その罰として
「血の池地獄に千年堕ちるぞ」
と脅されたって
ママはがんばる
とにかく
ママは死ぬ気でもってがんばる

すべての命は
いつかは尽きる
でも最初から
そんな血の通わない理屈に用はない

一度きりの人生こそが
かけがえのない全てだと
ママはママになった瞬間から
ちゃんと知っているから

抑えの切り札

ママは
一家の「抑えの切り札」
疲れていても熱っぽくても
今日も黙々と登板する

自軍ベンチを振り返っても
やっぱり控え投手はゼロ
でも溜息をついている暇はない
だから
大雨の日も
大風の日も
小さな二人を乗せて

ひたすら自転車のペダルを漕ぐ
でも疲れていたら
時には弱音を吐いてほしい
少しでも体調が変だったら
周りの迷惑など気にせず
すぐにでも病院に駆け込んでほしい

目の前に続く道のりは長く遠い
何より小さな二人には
かけがえのないママだから

二分だけ待って

「オトーシャン」と
真夜中に
ちっちゃな君は
か細い声でパパを呼ぶ

ミルクかな
オシメかな
ギュッと両目をつぶったまま
ぼんやりした頭で
何度か反芻《はんすう》する

でも起てない

どうしても起き上がれない
やっと今
深い眠りに落ちたばかりだから
今起きると多分
パパの心臓はデングリ返る

だから頼む
あと二分
あと二分だけ待って

今はマズイ

そりゃ誰でも
一度くらいは永遠に生きたいと
思うんじゃね
サイボーグとかクローンとかさ

ただ
人間も地球上の生物の一つだから
そりゃ最後は死ぬのは
今のところ一応
それなりに納得は出来てるつもり
そんなＳＦ的な話は

とりあえず脇に置いておいて
あんまり早くても
ちょっとマズイんだよね
あと十年は生きていないと
君の高校の卒業式にも出られないんで

もし神様的な人がいたら
そこんところ
是非ヨロシクお願いします

土手のつくし

こどもは世の中に
いっぱいいる
そうだよ
いっぱいいるんだよ
それこそ土手のつくしみたいに

そして以前は
みんな同じような顔で
なんだかザワザワと
群れているだけの感じだった

でも君と出会って

初めてわかった
たとえ天の川を突き抜けて
光速の限界を突破して
何処までも何処までも行ったって
君は君しか
いないんだってことを

赤くて
ちっちゃな手をキュッと握り締めて
パパは
やっと分かったんだ

幻想ばなし

ふと思うんだ
パパはいつからパパなんだろうって
正直それはパパにもわからない

でも一つだけ願いがあるんだ

宇宙創生から
何千億劫《ごう》の時が過ぎ去るまで

星雲の真っ白な渦が交わり
星々が一つ残らず爆《は》ぜて滅するまで

暗黒だった無限が
ごうごうと煮え滾《たぎ》り
七色の閃光を放ちつつ激しく瞬《また》く中
人の魂魄《こんぱく》全てが気化してしまうまで

パパの耳元で
「オトーシャン」と
囁《ささや》いていてほしいんだ

おならがプゥ

ごめんね
今朝ハンカチ持たすの忘れちゃった
「だいじょうプゥ　おならがプゥ」
ごめんね
晩ごはんの支度遅くなっちゃった
おなか空いたかな
「だいじょうプゥ　おならがプゥ」
ごめんね

今度の日曜
お休みじゃなくなっちゃった
「だいじょうプゥ　おならがプゥ」

あぁーーっ
何かホント
毎日情けないことばっかだけど
でも君の「おなら」は本当にすごいなぁ
何時でもパパに元気をくれる

オイシイの

「オイシイの　ちょーだい」

卵焼きにハムエッグ
甘口カレーにクリームシチュー
そしてトドメは肉野菜炒め

いつも簡単レシピでゴメン
パパには
味噌汁にトマトを入れるような
料理センスは未だ無いから

それでも君は今日も

何だかモグモグ食べてくれている
今の一番のお気に入りは
肉ジャガですか
できればサラダやお魚も
もっと食べてほしいのだけれど

好き嫌いなく食べて
健康で丈夫な身体に育ってほしい
身体さえ丈夫なら
長い人生
取り合えず
何とかなると思うから

灯《ひ》

或る日
一つの家に
ポツンと灯がともる

小さくても
弱々しくても
たった一つしかない明日がともる

灯たちが幾重にもさざめく
ささやかな家明かりと
暗闇に包まれたまま
何事もなかったように沈黙する家々と

暗い門前で
僕は
顔を伏せたまま
そして涙を堪《こら》えたまま
口にする言葉一つも見つけられずに
ただ通り過ぎることしか出来ない

ああ何故
この世には叶わぬことがあるのだろう

脱走者

誰もいない保育園の玄関で
後ろ向きに
片っぽのあんよがピョコピョコ

「地面はどこかな」って
かわいいお尻を向けて
片っぽのあんよがピョコピョコ

ああ
アレは「脱走」だな（笑）
でも玄関は施錠してあるから
無駄だよ

っていうか
よく見ると
あれって　うちの子じゃん
二歳の保育園初日に
早速「脱走」ですか

でも
ウチに帰りたかったんだよね
そう
みんなウチに帰りたいんだよ

マナーと任務

楽しいことって
わかりやすい
そして
つらいことや苦しいことは
みんな好きじゃない

でも
苦しいことの中にも
喜びはある
でも
それってなかなか伝わりにくい
むしろ大きな喜びは

大きな苦しみの中にこそ
あるのかも知れないのに

ウンチ入り紙パンツを
部屋の隅っこに
できるだけ目立たないように
そっと押し込んでおくのが
最近の君の「マナー」
そして
ウンチのにおいを頼りに
それを捜索するのが
最近のパパの「任務」

「任務」は大変だけど
今夜も
「抱ッコシテ」の一言で

全ては帳消しになる
「こどもなんて手がかかるだけ」
「結婚なんてするもんじゃない」

忠告めいた
如何にもわかりやすい
百の不平不満は
所詮
何処まで遡《さかのぼ》っても
千の不平不満にしか辿り着かない

だったら僕は
迷わず
ウンチを選ぶよ

サケよ、サラバ

サケって
馬鹿だなって
ずっと思ってた

生まれた川に
わざわざ戻ってきて
最期は白い丸たん棒みたいになって
死んでいくだけなんて

君たちはホントにそれでいいのか
それこそ命果てるまで
遠く何処までも旅すればいいじゃないか

果て知れぬ漆黒の天蓋《てんがい》の下
ゆらゆらと揺らめく深紅《しんく》の極光《オーロラ》を振り仰ぎ
仄《ほの》明るく青い水底《みなそこ》に住む
未だ見ぬ輩《ともがら》に会いたいとは思わないのか

でも最近になって
やっと分かってきた
君たちの最後の顔が
安らぎに満ちていることを
最期の最期に
君たちの身体が
君たち自身を赦《ゆる》してくれたことを

きっと
それが自然というものなんだ

だから一度だけ
今日はサラバと言わせて欲しいんだ

電　車

ある日
気がつくと電車に乗っていた

ふと見ると
すぐ脇を
もう一本の別の電車が並んで走っていた
そして何故か
すぐ隣の車窓には
もう一人の俺の姿が見えた
もう一人の俺は
ブラインド越しの日差しの中

土曜の朝の軽快な音楽を聴きながら
挽きたての珈琲を淹れていた
懐かしいハワイ・コナの香りだ

こちらの俺はと言えば
床がベタつく狭苦しい客室の中
相も変わらずゴミと洗濯物に埋もれている
そして向かいの座席では
にこにこ笑顔のマイ・プリンセスが
おしっこパンツのまま
逆さ大回転中だ

やがて
電車は少しずつ離れていく

だけど俺よ

お前が車窓から見る景色は
少しずつ寂しくなる
そして残酷なまでに
果てしなく続く地平は
何時しか真っ白な座標面へと変わっていくだろう
それでも
お前は生きなければならない
生きる意味を探し続けなければならない

何時しか
辺りは白く靄《もや》ってきて
お前の電車は随分と遠ざかってしまった
そして今は
最後の車両の
二つ並んだ赤い尾灯が
微かに見えるだけだ

風詠社の本をお買い求めいただき誠にありがとうございます。
この愛読者カードは小社出版の企画等に役立たせていただきます。

本書についてのご意見、ご感想をお聞かせください。
①内容について

②カバー、タイトル、帯について

弊社、及び弊社刊行物に対するご意見、ご感想をお聞かせください。

最近読んでおもしろかった本やこれから読んでみたい本をお教えください。

ご購読雑誌（複数可）	ご購読新聞
	新聞

ご協力ありがとうございました。

※お客様の個人情報は、小社からの連絡のみに使用します。社外に提供することは一切ありません。

郵 便 はがき

料金受取人払郵便

大阪北局
承　認

1635

差出有効期間
2025 年 1 月
31日まで
（切手不要）

553-8790

018

大阪市福島区海老江5-2-2-710

㈱風詠社

愛読者カード係 行

ふりがな お名前			大正　昭和 平成　令和　　年生　　歳		
ふりがな ご住所	□□□-□□□□			性別 男・女	
お電話 番　号		ご職業			
E-mail					
書　名					
お買上 書　店	都道　　市区 府県　　郡	書店名	書店		
		ご購入日	年　月　日		

本書をお買い求めになった動機は？
1. 書店店頭で見て　2. インターネット書店で見て
3. 知人にすすめられて　4. ホームページを見て
5. 広告、記事（新聞、雑誌、ポスター等）を見て（新聞、雑誌名　　　　）

サヨウナラ　俺
何時までも元気でな

結婚

「蜜月旅行」と書いて
「ハネムーン」とルビを振る
そりゃ若い時分に
子作りに励んでいるくらいの時が
多分一番楽しいでしょう

問題は
そのあとかも知れないよね
いわゆる倦怠期とか

でもテレビとかで
「いい夫婦だなあ」と思える

おじいさんとおばあさんのカップルを
ほのぼのと眺めていると
「結婚は人生の墓場だ」などと
シェークスピアばりに
天に向かって叫んでいる人は
自分で自分の人生に
墓穴を掘っているようにも見える
（などと言うのは生意気で言い過ぎなのだろうか）

「愛してる」って
一日一回言うのも
大事なのかも知れないけど
コテコテの日本人同士だと
海外のロマンス映画の役を演じているみたいで
何だか照れ臭い

だから
お互いに一日一回
「ありがとう」って
言い合うようにするっていうのは
どうかなって思う

別に絶対毎日ってことじゃない
それだと気が重くなるから
ちっちゃなことでいい
相手の好きなペットボトルのお茶を買ってくるとか
代わりに夕飯作ってあげるとか
そして相手の嫌がることを
絶対しない

夫婦なんだけど
それ以前に

家族なんだから
きっと
うれしいと思うんだけどな

乗換ホーム

ゴトンとひと揺れして
電車が駅ホームにつくと
僕は電車を降りる
そして急ぎ足で
反対側すぐの乗換線ホームとへ向かう

その寸前
車内を振り返ると
客車の窓越しに
密閉型のヘッドフォンをしたあなたの横顔
貴重な廃盤レコードの山と

乗換ホーム

旧型の真空管アンプや絡まったコードに囲まれ
ご満悦な表情で
あなたは身体を微かに揺らし
軽快にリズムを刻む
そこは
あなただけが住む
あなただけの夢の世界
多分あなたが
その電車から降りることは無いのだろう

どちらの電車も終点は同じ
だから無理に乗り換える必要はない
むしろ乗り換えることで
きっと僕の自由な時間は
将来的に
随分と目減りしてしまうと思う

ひょっとすると
今とは価値観が大きく異なる
まったくの別人格になっていくのかもしれない

今の自分が今の自分でなくなる
でも
それでもいいんだ
だから僕は
こちらの電車に乗ったよ

だって何駅か先で
君に会えるかもしれないから

いつかの空

一人ぼっちの摩天楼のオフィスで
沈みゆく夕日に最後の別れを告げるあなた
一人ぼっちのピッチで
惜別に沸き立つ大歓声に包まれているあなた
一人ぼっちのラストステージで
喝采と万雷の拍手を浴びているあなた

きっと
あなたは
一途に懸命に
そして何より
自分自身に誠実に

最後まで孤独に耐えて
戦い抜いたのだと思う

だから決して
正しいとか間違ってるとかじゃない

でも
いつの日か
自分の隣が空席であることに
改めて気づくことが
あるかもしれない

「こんなに空は高かったのかな」と
雲一つない空を見上げ
ふと呟《つぶや》く日が
やってくるかもしれない

小さな流れ星たち

今日も
さざめく小さな魂たちが
生まれゆく先を懸命に探している
深淵の闇に浮かぶ
この青い惑星《ほし》を
遥かに見下ろしながら

たとえ過酷な運命が待っていても
たとえ短い命の宿命だとしても
無垢な魂たちは
ただ親の笑顔に会いたくて
真っすぐに躊躇《ちゅうちょ》することなく

細《こま》やかな慈雨《じう》のように
地上へと降り注ぐ

君はなぜ
パパの元に生まれてきたの

もし君が生まれた瞬間に
その理由の全てを忘れ去ってしまっていても
その答えを
いつかきっとパパに教えてほしいんだ

しあわせエイリアン

私の周辺では
ここ数年
エイリアンによる侵略が著《いちじる》しい

ある日突然
すぐ隣の知り合いや友達が
知らぬ間に姿形は同じでも
中身が別人と入れ替わっているのだ

つい最近も
高校時代から憧れていた先輩が
とうとうエイリアンに侵略された

「困るのよ。昨日もウチの旦那がさあ・・・。（中略）
でも多少は、まあいいかなって最近思うの」

エッ。先輩ッテ、
結婚シテカラ、何カ性格ガ変ワリマシタヨネ・・・
『安易ニ妥協シタラ、ソコガ自分ノ限界点ヨ』。
県内デモ強豪校ト言ワレタ
我ガ女子バレー部ノ主将トシテ
部員一人ヒトリニ気ヲ配リナガラ、
根気強ク一人ヒトリ励マシテクレタ
アノ凛《りん》トシタ先輩ハ、一体ドコニ行ッタノデスカ・・・
シッカリ。ドウカ、オ願イデスカラ、シッカリシテ下サイ・・・

でも最近ふと思うに
何かＳＦやホラー映画とかとは

明らかに違う感じはしてた
それはエイリアンに乗っ取られた誰もが
理由はよく分からないのだけれど
何だかとても
しあわせそうだったことだ

どうしよう
私は一体
これからどうやって生きていこう

面白そうな旧作映画の Blu-ray や
好きな連ドラの見逃し回は大体観ちゃったし
一人スイーツとか行きたくないし
一人カラオケは私の趣味じゃ全然ないし
この歳で「終活」とか冗談じゃないって感じだし
特に金曜と土曜の夜は

何をして過ごしたらいいのだろう

誰か助けてほしい

いつの間にか
私の周りは
エイリアンでいっぱいだ

モテ期の戦慄

誰にでもモテ期ってあると思う
特に若い時分に
なかには全然ない人もいるかも知れないけど

ただ一つ確かなことは
「時は誰にも戻せない」っていうこと

なぜ男女ともに
一定の年齢を過ぎると
パタッと艶っぽい噂が無くなるのか
他人は意外と
生まれる自分の子の成人年齢を

計算しているんじゃないかな

今の今
モテ波に夢中で乗りまくっている人は
自分の子どものことなんて
まったく気にも留めないよね

だけど彼らの多くは
ふと気がつくと
いつのまにか波音が消えた凪の海で
永い永い静かな航海へと
一人旅立とうとしているんじゃないかな

いのちの伝言

年賀状の家族写真に
腹が立つという人へ

何となく上から目線で
何となく自慢げで
何となく如何にも
見せびらかされている感じなのだけれど
だからと言って
はっきりとした悪意があるとも
言い切れるわけでもなく

そのことが更に

何となく腹立たしく
何となくイラつき
何となく
ある日突然
自らの過ちに気づかされたような
何となく今まで謳歌してきた
自由な日々を後悔させられているような
何となく
イソップ童話に出てくる「アリとキリギリス」の
お前は絶対キリギリスの方だと
明らかに断言しているんだろうなというような・・・

でも意外と
あなたが勘ぐるような
他意はないのかも知れない
別段自分のしあわせを

誇示したいわけでもない気がする

要は
自分にとっての『お宝』を
「ほら、こんなに大きくなったんですよ」
とばかりに
にっこり笑う幼い姿を
とにかく一人でも多くの人に
ただ見てほしいだけなのだ

命は
連綿と続く
過去からの連鎖なのだとしたら
もし
そうだとしたら
あなたの抱《いだ》く全ての寂寥《せきりょう》は

あなたへと命を繋いできた
亡き多くの人たちからの
遠く時を超えた
ささやかな伝言なのかもしれない

パパの望み

今日もパパは
君のお世話をしている
大したお世話も出来ていないけど
明日もきっと
お世話をしていると思う

でも
感謝とか恩返しとかは要らないんだ
と言うか感謝する必要もない
なぜなら基本
パパがやりたくて
やってることだから

と言うよりも
やらずには心配で
いてもたってもいられないことだから

ただ強いて一つ
パパの望みを挙げるとしたら
もしも君に将来
子どもが出来たら
無理せず出来る範囲でいいから
その子に
優しくしてあげてほしい

家族映画

「家族映画って面白いか」
「ありきたりの家族ドラマなら
テレビとかで十分じゃん」

たしかに
怪獣も
ゾンビも
変身ヒーローも
怨霊も
魔法使いも
エイリアンも
登場しないかもしれない

でも人には
その人がいなくなったら
自分が生きる意味が
なくなってしまうと思える人が
出来ることがある

だからきっと
自分に置き換えて
目指すべき遥かな未来を
照らす光が欲しいのだと思う

絶対零度の孤独

人には
魂も凍《こお》るような虚《うつ》ろが
音もなくカタチもなく
突然
空から降ってくる日がある

他人《ひと》がただ通り過ぎていくだけの
見上げるばかりのビル群の果てで
コンビニの店員さんでいいから
ほんの少しでもいいから
言葉を交わしたくなる日がある

でも
そういう日は
思い出してほしい
あなたが忘れていた
もしくは忘れ去ろうとしていた
遠い故郷《ふるさと》で暮らした日々を

たとえ記憶の中にしかなくても
あなたを愛し
あなたを想っていた人達の笑顔を

命の持ち主

命は
かつて自分だけのものだった
両手で
一人抱え込んでいた透明な水
遥か天へと昇華させるか
澱《よど》みながらも地を這わせるのか

水は
時に行き場を失い
時に人混みに紛れて
誰に知られることなく
ポツンと行き惑う

今の持ち主は
一体誰なのだろう

僕の命は
今は
君の手の中で安らいでいる
僕には
それがとても幸福に思える

ここに　いさせて

「いつまでも、こんな山奥で一人暮らしなんて」

「ねえ、一緒に住みましょう。ウチなら病院や駅にも近いし。

それに今度近くに大きなショッピングモールができるのよ」

庭の畑の手入れを終えると
食事時は
いつも一人ポツン
テレビだけがお友達

でも
「さあ、みんな晩ごはんの時間よ」
と声をかけると

ちゃぶ台の向こうに
いつの間にか
小さな頃のあなたたちがちょこんと座っているの

そして
忘れずネジを巻いても
最近は
めっきり遅れがちな振り子時計が
今夜も唐突に
ガランボーン　ガランボーン

相も変わらずの
調子外れの割れた音
この家と同じに
この時計も
随分とオバアサンになったわ

そして
きっと
わたしの時計も
いつかは不意に止まるのでしょうね

ありきたりでも
平凡でも
わたしが一番輝いた日々が
ここにはある

だから
ここには明日も
今日と同じ朝がやってくるの

オヤスミナサイ

昨晩
あなたの夢を見ました
でも目を覚まして
そっと
おなかに手を当ててみても
あなたはいない

気がつけば
いつの間にか増えていった
枕もとの数えきれないぬいぐるみたち
きっと私の中の「母」が
あふれてしまっていたのでしょう

でも一番好きだった
大きなクマさんとも
今日でお別れします

そして
あしたからは
また顔を上げて
ただ前を向いて歩いていく

次は
きっと会えるわ
だからサヨナラは言わない
だから今は
オヤスミナサイ

おじさんの手

ある日
駅のバスターミナルで
白い杖を持ったおじさんの手を引いた

おじさんの手は
何だか
以前に一度触ったことのある絹みたく柔らかく
そして何よりあたたかかった

結局
僕は間違った乗り場に
おじさんを連れて行った

おじさんは最初から正しかった
「ごめんなさい。間違えました」
そう言うと
おじさんは
何も言わず小さく微笑んだ

僕は最初
おじさんがかわいそうだと思っていた
でも実は
かわいそうだったのは僕のような気がした
一瞬だったけど
おじさんの心の中に
やさしい花畑を見た気がしたから
そして一瞬だったけど
おじさんから

いろいろなものをもらった気がしたから

おじさん
間違ってごめんなさい
そして
ありがとう

ハリジャンの姉弟

ここは
ガンガーのほとり

くたびれたテントのような
ゴツゴツとした骨を林立させながら
四つ足の痩せた聖者たちが
ゆったりと行きかう
そして
早朝のコンクリートの河岸に横たわる
幼い真っ裸の二人

何も持たない

何も持ちえない
そして
誰一人として関心を払うことなく
何もなかったかのように
ただ傍らを通り過ぎていく
だけど
君たちの姿は誰の眼にも
紛れもない悲劇でしかない
残酷過ぎる不幸でしかない

しかし人は
生まれ出る時も
死にゆく時も
所詮は裸のまま
たった独り

おまえは
これまで
どう生きてきたのか
おまえは
これから
どう生きてゆきたいのか

身一つだけの
その姿は
どんなに豪奢に着飾った行者達よりも
僕に人生とは何かを突きつける

だけど
ここはガンガーのほとり

砂粒の

ちっぽけな感傷など
まるで最初から無かったかのように
今日も変わらず
濁りを湛えた大河は
ただ静かに流れていくだけだ

鰯《いわし》　雲

街で手をつなぐ親子とすれ違う時
ふと胸に込み上げる寂しさ
なぜ自分の両手だけが空っぽなのだろう

無我夢中で
ただ一人走り続けた日々
孤独に耐え自分と戦い続けることだけが
唯一の生き甲斐だった日々
そして
それが叶った自分は
そうすることが出来た自分は
実は最初から

しあわせ過ぎたのではという微《かす》かな悔恨《かいこん》

時を戻すことはできない
でも
きっと空は憶えていてくれるだろう

辛く苦しくとも
満ち足りていた遠い日々を
あの空は憶えていてくれるだろう

祈り

「今日も一日
あの子が無事でありますように」って
おかあさんが
今日も空に祈る

「神頼みなんて迷信臭い」
「第一、先祖とか仏壇とかオシャレじゃないし」
「元々オレは無神論者だから」

でも
おかあさんは祈る
誰かに向かってでも

たとえ誰かに向かってでなくても
ただ
ひたすらに
あの遥かな空の高みに向かって祈るのだろう

なぜって
それは
祈らずにはいられないから
そして何より
祈ることしかできないと
分かっているから

たぶん中間はない

君のいる生活と
君のいない生活を
ふと思ってみる

すごく大変か
すごく楽か

すごくめんどくさいか
すごく簡単か

すごく忙しいか
すごく暇か

すごく充実しているか
すごく空しいか

すごく哀しいか
すごく切ないか

すごく泣けるのか
すごく笑えるのか

いずれにせよ
中間はないと思う

あしたを託す

君の人生を
最後まで見届けることは
パパにはできない
ましてや
君の人生の終わりを
見届けるなんて
絶対にしたくない

だから
今は未だ見ぬ
この子を託すことになるかも
知れないあなたへ

他人《ひと》が羨むほどの
「あふれるような幸せ」でなくていい
無理をせず
あなたに出来る範囲内でいい
辛いことが
なるべく少なくて済むように
悲しいことが
ほんのちょっとでも少なくて済むように
気遣《きづか》ってやってくれないか

まなざし

君の眼は
きっと
いつも遠く未来を見ているのだろう
パパも
かつてそうだったように
十年先を
二十年先を

それでいい
それがいい

パパは

ただ
後ろから君のカバンを抱えて
行けるところまで
ついていくよ

日向　瑞希（ひゅうが みずき）

武蔵野美術大学　造形学部　油画科　卒

おならがプゥ

2024年7月7日　第1刷発行

著　者　　日向瑞希

発行人　　大杉　剛

発行所　　株式会社 風詠社
〒553-0001　大阪市福島区海老江5-2-2 大拓ビル5 - 7階
TEL 06（6136）8657　https://fueisha.com/

発売元　　株式会社 星雲社（共同出版社・流通責任出版社）
〒112-0005　東京都文京区水道1-3-30
TEL 03（3868）3275

装　幀　　2DAY

印刷・製本　シナノ印刷株式会社

ISBN978-4-434-33966-0 C0092

乱丁・落丁本は風詠社宛にお送りください。お取り替えいたします。